Los cochinos

Cuento • Robert Munsch
Ilustraciones • Michael Martchenko

annick press
Toronto • New York • Vancouver

octava edición, septiembre 2006

Annick Press Ltd.

Cataloging in Publication Data

Munsch, Robert N., 1945–
  [Pigs. Spanish]
  Los cochinos

Translation of: Pigs
ISBN1-55037-191-6

I. Martchenko, Michael. I. Title. II. Title: Pigs. Spanish.

PS8576.U58P5318 1991 jC813'.54 C91-093484-3
PZ73.M86Co 1991

Distribuido en Canadá por: Publicado en los E.E.U.U. por: Annick Press (U.S.) Ltd.
Firefly Books Ltd.   Distribuido en los E.E.U.U. por:
3680 Victoria Park Avenue Firefly Books (U.S.) Inc.
Willowdale, ON   P.O. Box 1338
M2H 3K1   Ellicott Station
                          Buffalo, NY 14205

Printed and bound in China.

www.annickpress.com

a Meghan Celhoffer
Holland Centre, Ontario

El papá de Marisa le pidió que les diera de comer a los cochinos antes de que se fuera para la escuela.

—Pero ¡ojo!, Marisa —le dijo—. No abras el portón del chiquero. Los cochinos son más inteligentes de lo que piensas, ¿sabes? Así que recuerda, no abras el portón.

—Está bien. No abriré el portón. No lo haré. No señor. No, no, no, no —respondió Marisa.

Marisa se fue al chiquero. Miró a los cochinos. Los cochinos miraron a Marisa.

—¡Nunca he visto animales tan tontos! —dijo Marisa—. Se quedan allí como unos zoquetes zonzos. No van a hacer nada si abro el portón un poquito.

Así que Marisa abrió el portón sólo un poquito. Los cochinos se quedaron mirando a Marisa sin moverse.

Y otra vez dijo Marisa: —¡Nunca he visto animales tan tontos! Se quedan allí como unos zoquetes zonzos. Aunque hubiera un incendio ellos no saldrían del chiquero.

Así que Marisa abrió el portón un poquito más. Los cochinos se quedaron mirando a Marisa sin moverse aún.

Así que Marisa gritó: —¡Óiganme, cochinos! ¡No sean tan tontos!

Entonces los cochinos se sobresaltaron y al salir del chiquero atropellaron a Marisa trac-trac-trac-tracatrác.

Cuando Marisa se puso de pie, no pudo ver a los cochinos por ningún lugar.

—¡Ay, ay, ay! —exclamó—. Parece que me he metido en un gran lío. Tal vez los cochinos no son tan tontos como yo creía.

Regresó a darle las malas noticias a su papá. Cuando llegó a la casa, Marisa oyó un sonido que venía de la cocina, un sonido que sonaba como oinc, oinc, oinc.

—Ese ruido no es de mi mamá. Tampoco es de mi papá. Ese ruido es de los cochinos.

Marisa miró por la ventana de la cocina, y allí estaba su papá sentado a la mesa con el desayuno servido. Un cochino se estaba tomando su café. Otro cochino se estaba comiendo su periódico. Y otro cochino se estaba orinando en su zapato.

—¡Marisa! —gritó su papá—, te dije que no abrieras el portón. Saca a estos cochinos de aquí ahora mismo.

Marisa abrió un poquito la puerta de entrada de la casa. Los cochinos se quedaron mirando a Marisa sin moverse. Finalmente, Marisa abrió la puerta de par en par y gritó: —¡Óiganme, cochinos! ¡No sean tan tontos!

Entonces los cochinos se sobresaltaron y al salir de la casa atropellaron a Marisa trac-trac-trac-tracatrác.

Marisa los persiguió y los dirigió hacia el chiquero y cerró el portón. Luego miró a los cochinos y les dijo: —Ustedes no son nada más y nada menos que unos zoquetes zonzos.

Luego se fue corriendo a la escuela. Estaba por abrir la puerta cuando oyó un sonido familiar: oinc, oinc, oinc.

—Ese ruido no es de mi profesor. Tampoco es del director de la escuela. Ese ruido es de los cochinos.

Marisa se asomó a la ventana de la oficina del director y miró hacia adentro. Un cochino se estaba tomando el café del director. Otro cochino se estaba comiendo el periódico del director. Y otro cochino se estaba orinando en el zapato del director.

—¡Marisa! Saca a estos cochinos de aquí ahora mismo —gritó el director.

Marisa abrió un poquito la puerta principal de la escuela. Los cochinos se quedaron mirando a Marisa sin moverse. La abrió un poquito más y los cochinos se quedaron sin moverse aún. Entonces Marisa abrió la puerta de par en par y gritó: —¡Óiganme, cochinos! ¡No sean tan tontos!

Entonces los cochinos se sobresaltaron y al salir de la escuela atropellaron a Marisa trac-trac-trac-tracatrác.

Marisa entró a la escuela. Se sentó en su escritorio y, con un suspiro, dijo: —¡Bueno! Finalmente estoy libre de esos cochinos.

De pronto oyó un sonido familiar: oinc, oinc, oinc. Marisa levantó la tapa de su escritorio y adentro descubrió un cochinito.

—¡Marisa! Saca a ese cochinito tonto de aquí ahora mismo —gritó su profesor.

—¿Tonto? —respondió Marisa—. ¿Quién dice que los cochinos son tontos? Los cochinos son inteligentes. Éste va a ser mi mascota.

Al fin llegó la hora de volver a la granja. Marisa estaba esperando el autobús que todos los días la llevaba. Finalmente llegó. Cuando Marisa se acercó a la puerta, oyó de pronto un sonido familiar: oinc, oinc, oinc.

—Ese no es el ruido del chofer del autobús. Ese es el ruido de los cochinos.

Marisa subió las escaleras del autobús y miró adentro. ¡Qué alboroto! Había un cochino manejando, cochinos comiéndose los asientos aquí y cochinos acostándose en los pasillos allá.

El cochino que manejaba cerró la puerta y
arrancó el autobús.

Manejó todo el camino hasta la granja de Marisa,
atravesó el corral
y se detuvo justo dentro
del chiquero.

Marisa se bajó del autobús, atravesó el patio y se dirigió con determinación hacia la cocina.

—Ya están todos los cochinos en el chiquero —dijo a sus padres—. Ellos han vuelto por sí mismos. Los cochinos son más inteligentes de lo que la gente piensa, ¿saben?

Marisa jamás dejó salir a ningún animal.

Al menos, no a los cochinos.